見習小仙

壹 奇幻的仙法初現

卓瑩 著
SANDYPIG 繪

新雅文化事業有限公司
www.sunya.com.hk

目錄

角色介紹

孔嵐

見習小仙之一。淡定成熟，好奇心強，喜歡用相機記錄身邊事，夢想成為一名神探。與龍爽、程小黑、戴樂天等人是同學及鄰居。真實身分是南門的鳥族弟子，法器是一枝鳳簪。

龍爽

見習小仙之一，孔嵐的同學及鄰居。性格直爽，活潑精靈，熱愛科學，曾多次獲得「少年創新科技」設計獎。真實身分是東門的龍族弟子，法器是一枚龍鱗吊墜。

戴樂天

見習小仙之一，孔嵐的同學及鄰居。愛說笑話，傻氣十足，擅長跆拳道，平日愛打抱不平，可時常烏龍百出。真實身分是西門的獸族弟子，法器是一條虎皮手帶。

程小黑

見習小仙之一，孔嵐的同學及鄰居。外冷內熱，平日沉默寡言，但十分博學，還是個游泳高手。真實身分是北門的水族弟子，法器是一枚蛇龜指環。

九天玄女

熟諳兵法的仙子，協助及監察四位見習小仙於凡間的一切事宜，原本是四位見習小仙的好友。

引子

相傳遠古時代，天帝按天上的二十八星宿，將大地分為東、南、西、北四個方位，成立了東院、南院、西院及北院，並分別指派青龍、朱雀、白虎和玄武四位仙子主理。四位仙子對付妖魔鬼怪，保護天下蒼生，受萬民景仰。

然而隨着時代進步，人們對神仙的信仰開始動搖，四仙的影響力漸弱，邪惡力量日漸壯大，甚至幻化成人形，混入普通人中。並組成一個龐大的邪惡組織，邪惡勢力致力於擾亂人間，曾引發多次世界大戰，令生靈塗炭。

天帝不忍見凡人受苦，於是命令東南西北四院，分別派遣一位門下弟子下凡成為見習小仙，除妖伏魔，拯救地球。見習小仙亦需在凡間修煉法力，若能通過一系列的考驗，便可位列仙班，成為四院之主……

見習小仙修煉守則

一. 龍族、鳥族、獸族和水族本是一家，
　　四族弟子應合力降魔伏妖，以保人界
　　與天界萬年安好。

二. 見習小仙乃是凡身，不具法力，只可
　　利用法器施法修行。

三. 凡成功降伏妖魔者，可盡得妖魔之修
　　為，待法器將當中戾氣盡去後，法力
　　可晉升一級。

四. 見習小仙須進行修煉，直至妖魔盡
　　去，功德圓滿，方可回歸仙界。

五. 凡仙妖間之事情，一概不得向凡人透
　　露，以免泄露天機。無論任何情況
　　下，皆不可使用法術傷害人類。

第一章
來歷不明的龐然大物

　　一個夏日的黃昏，橙黃色的夕陽，温柔地灑落在一座三層高的屋子前，把栽種在門前的小花圃，映照得分外鮮豔奪目。

　　束着一條鬈曲長馬尾的孔嵐，在花圃旁邊的搖椅上盤膝而坐，心無旁騖地細閱着她最喜愛的偵探小説。

　　也許是繼承了記者爸爸的優良基因，她特別喜歡刺激緊張的故事，每當讀至緊張處，便不由地心跳加速，好像自己就是故事中的主角，務必要追查到底，讓一切真相都大白於天下才罷休。

偵探故事讀多了，她的好奇心也較別人強烈，事事都愛刨根問底，進行各種推敲。偏偏她最要好的朋友龍爽是個實事求是的小科學家，總愛取笑她道：「嵐嵐，我看你的專長並非當記者，而是當小說作家呢！」

　　孔嵐的信念從未因此而動搖，反而手指繞着鬈曲的長馬尾，漫不經心地笑道：「若然真的能成為偵探小說作家，也未嘗不是一樁美事喲！」

　　此刻的她，正深陷小說世界當中，讀到兇手在暗黑的森林中現身的情節。當她翻過書頁，預備見證兇手的廬山真面目時，卻猛然感到肩膀一陣發癢，好像有什麼東西在蠕動。

　　她以為是自己鬈曲的馬尾在作祟，於是下意識伸手往肩膀掠去，誰知觸手的卻是一團涼霍霍、會動的東西！

她不禁一驚，連忙低頭一看，只見被她掃到地上的東西，竟然是一隻蟑螂！

　　不過她並沒有被嚇得花容失色，反而俯下身來，一手把地上的「蟑螂」撿起來，嘖嘖有聲地道：「奇怪，哪兒來的假蟑螂啊？」

　　她把蟑螂翻來覆去地研究，發現蟑螂的身子是由一塊薄薄的金屬片包裹而成，內裏的電線裝置清晰可見，於是拿起胸前的照相機，想要把蟑螂的樣子拍下來。

　　猛然間，一個頭戴鴨舌帽，身穿嫩黃色上衣及工人褲的短髮女生，從孔嵐身後冒了出來。

　　短髮女生交叉着雙手，一臉無奈地歎息道：「嵐嵐，你的膽子也太大了吧？居然連蟑螂也不怕，真沒勁！」

　　孔嵐似乎早已料到是她，只抬頭瞄了她一

眼，放下相機，淡然地笑道：「爽爽，你這個小玩意做工如此粗糙，看來你的手藝有些生疏了喔！」

原來這個短髮女生，正是她的好友龍爽。

龍爽摸了摸頭上的鴨舌帽，起勁地搖頭擺腦，很不以為然地說：「你錯了，這可不是一般的小玩意！它是由一輛遙控車改裝而成的迷你攝像機，是我預備拿去參加今屆國際青少年科技大賽的參賽作品呢！」

「唷，真的？」孔嵐揚了揚眉，立刻認真地把它重新審視一遍，但嘴裏仍不免嫌棄地說：「你做什麼不好，為什麼偏要做成蟑螂的樣子？多噁心！」

「你不是經常說孔叔叔是新聞記者，為了取得獨家消息，經常要明查暗訪，有時甚至還得身入虎穴嗎？蟑螂的體積小，很不起眼，不

是更能掩人耳目嗎？」龍爽得意地朝她一眨眼睛。

「原來你這個新發明，是專門為了我爸爸做的嗎？」孔嵐驚喜萬分，立時親暱地上前一拍她的肩膀，討好地笑道：「果然是我的好姐妹，謝謝呢！」

「唏，就這樣輕飄飄地說一聲謝可不行！」龍爽把手掌放在肚皮的位置打着圈子，半認真半開玩笑地說：「必須實際行動，才能展現你的誠意啊！」

「跟我來！」跟她已是多年朋友的孔嵐心領神會，立即拉着她的手，二話不說便往外跑，一口氣把她帶到附近的一條商業街。

這條商業街是區內最繁盛的地方，街道兩旁商店林立，當中除了有售賣各種時尚飾品及家居用品的店舖外，還有好幾家餐廳食肆。

孔嵐指着街尾一家牌匾寫着「草莓甜甜屋」的店舖，詳細地推介道：「這家甜品店新開業沒多久，但已經大受歡迎，最愛吃甜點的你應該會喜歡吧？」

這家甜品店的外牆是以草莓為造型，遠遠看過去，就像是一個巨型的草莓，店內的裝潢亦以粉色系列為主題，讓人猶如置身童話仙境。

「看着已經有夠甜的！」龍爽皺了皺眉頭，似乎不大欣賞，但當她走到櫥窗前，看到透明的冷藏櫃內放着水果甜甜圈、七彩的馬卡龍小圓餅、巧克力鬆餅和各式蛋糕時，也不禁被它們繽紛的樣子吸引住了。

此時正值黃昏時分，甜品店門前已擠滿上班族，長長的人龍一直排到街尾轉角處。

孔嵐指着隊尾道：「我們快去排隊吧！」

她們剛來到龍尾，卻恰巧跟同樣要排隊的兩位男生撞了個正着。

這兩位男生看上去跟她們年齡相仿，當中長得較高大的那一位，戴着一副厚厚的黑框眼鏡，目光清冷地透過鏡片直視着她們。

孔嵐跟他打了個照面，眉頭立時一皺：「怎麼會是你們？」

原來這位高個子的男生叫程小黑，是個不苟言笑的書呆子，而旁邊身材較小巧、頭髮蓬鬆的那一位叫戴樂天，是孔嵐自小便相識的鄰居兼同學。

然而，程小黑老是冷着一張臉，一副拒人於千里的樣子，孔嵐一直跟他沒有什麼交集。

程小黑瞟了她一眼，往身後指了指道：「請你們排隊！」

孔嵐淡淡地回敬一句：「是我們先來一步

的。」

　　程小黑沒有要退讓的意思，只揚手在她跟前來回比劃了一下：「我站的位置比你更靠前，證明先來一步的人是我。」

　　孔嵐為之氣結，一時接不上話，正尋思着該如何應對時，頂着一頭亂髮的戴樂天湊了過來，呵呵笑着打岔道：「孔嵐，原來你們也來買甜點嗎？」

　　戴樂天比程小黑平易近人得多，經常笑臉迎人，一看見她們倆便笑盈盈地招呼，令原本有些氣惱的孔嵐發作不得，只好禮貌地點頭回道：「我聽說這兒的甜品特別好吃，便帶爽爽來嘗一嘗！」

　　龍爽可不買戴樂天的帳，托了托鴨舌帽，不客氣地質問道：「你們堂堂男子漢，好意思跟女生爭位子嗎？」

戴樂天也不在意，反而笑着提議道：「既然大家都是老朋友了，不如就一塊兒吃吧，怎麼樣？」

　　龍爽朝他做了個鬼臉，輕哼一聲道：「誰跟你們是老朋友了？真不害臊！」

　　戴樂天尷尬地一笑，正思忖着該如何緩和氣氛時，卻猛然聽到一陣動物的嘶叫聲，從甜品店後面的小巷傳來。

　　「怎麼回事？」戴樂天趕緊凝目細看，只見小巷的一角，有兩隻啡色的唐狗，跟三隻身形龐大、全身呈淺棕色的物體廝打起來。

　　「噢！」他不由驚叫一聲，急急指着前方喊道：「你們快來看看，那三隻正在跟唐狗打架的龐然大物，到底是貓還是老鼠？」

　　大家見他神色有異，趕忙循着方向望過去，果然見到有三隻既像貓又像老鼠的黑影，

正在圍攻兩隻唐狗。

那兩隻唐狗明顯不敵，嘴裏哀哀地發出悲鳴，似乎是在尋求救兵。

戴樂天看不下去，立即衝上前想要拯救兩隻小狗。

那三隻不知名的物體驚覺到有人靠近，即時以極快的速度，沿着小巷的水渠邊逃走。

「噢，這是什麼！」孔嵐訝異極了，立刻捧起照相機接連拍了好幾張照片，並緊追上前欲看個究竟，只可惜這些「老鼠」行動極為敏捷，三兩下子便消失無蹤。

「奇怪，牠們怎麼可以跑得這麼快？」孔嵐身上的偵探細胞立時活躍起來，蹲在牠們消失的位置來回察看，卻再也找不着牠們的蹤影。

最令人感到不可思議的是，這條小巷是

個死胡同，左右兩旁除了甜品屋外，就只有一些售賣衣服及手飾的小商店，沒有任何藏身之處。

孔嵐蹲在地上來回巡察，一隻手下意識地捲着長馬尾，喃喃地道：「剛才分明看見牠們在這兒，怎麼一轉眼就不見了呢？以牠們的體形，既鑽不了下水道，又不能大模大樣地跑進商店，如何就能憑空消失呢？」

她站在小巷的盡頭，眼角無意間一掃，看見接近水渠位置的地面，有好幾個印着草莓圖案商標的紙杯，而紙杯旁邊，還有一大撮淺棕色的長毛髮。

她驚「咦」一聲，忙上前把毛髮拾起，低頭研究起來：「以這些毛髮的顏色和質感來看，應該是那些老鼠掉落的吧？但若論體形及毛髮的顏色，牠們似乎不像是普通的老鼠

啊！」

　　就在她說話間，一陣似有還無的奇怪氣味撲鼻而來。

　　正當孔嵐站在後巷盡頭的一根路燈旁，專心地追蹤着怪味的來源時，一個黑影不知從哪兒冒了出來，竟直向着她的背影撲過去。

　　一直冷眼旁觀的程小黑察覺不妥，急忙大聲示警：「孔嵐小心！」

　　孔嵐吃了一驚，還來不及回頭，那個黑影已抄近她身邊，伸手便向她的肩膀抓去。

　　就在這個緊要關頭，身材小巧的戴樂天敏捷地急奔上前，抓住孔嵐的手肘，二話不說便往相反的方向跑。程小黑的反應也不慢，立刻緊隨其後。

　　那黑影一擊不中，氣憤地輕哼一聲，旋即回身從後追趕。

龍爽被這突如其來的變故嚇壞了，也來不及細想，趕緊大喊一聲：「等等我啊！」便隨着大伙兒的步伐一起跑起來。

戴樂天的爸爸是跆拳道教練，身為兒子的他自然也身手不凡，但那人的速度竟然比他還要快上十倍，原本還落在後頭的黑影，眨眼間便越過戴樂天，直接攔住了他和孔嵐的去路。

「怎麼他的速度會快得跟一輛跑車似的？」戴樂天不敢置信。

此人穿着全身黑衣服，披着黑色斗篷，把一張臉遮掩了大半，再加上驚人的身手，孔嵐根本無法看清他的容貌，只隱約看到他那雙眼睛，爍爍地閃着綠色的光芒。

孔嵐看得心頭直打顫，忍不住大喊：「救命呀！」

當孔嵐以為自己要凶多吉少的時候，一股

不知名的力量忽然把天上的白雲聚攏起來，迅速形成一個大漩渦，就像一個懸在半空的呼拉圈，漩渦帶着無窮的引力，令孔嵐完全站不住腳，一下子便被這股奇怪的引力帶離地面，直向着那個奇怪的漩渦飛去。

「孔嵐！」龍爽、程小黑和戴樂天同時驚呼。

情況太危急了，他們根本未及細想，只下意識地同時伸出手來，企圖要把漩渦中的孔嵐拉回來。然而，這股力量威力實在大得驚人，他們非但未能拯救孔嵐，反被同時扯到半空中去。

他們一個個都嚇得尖聲大叫，但無論他們如何大聲呼救，地面上的人們都沒有任何反應，就好像他們根本不存在似的。

由於風力太大，他們連眼睛也睜不開，

只能憑四肢的觸感，感覺到自己好像是在玩激流似的，一直沿着漩渦往下墜，也不知這個漩渦，到底要把他們帶到哪兒去。

第二章
神話中的仙境

　　一股突如其來的力量，令他們恍如跌進萬丈深淵，身子不斷往下急墜，也不知過了多久，這股旋風才逐漸慢下來，然後他們就像葫蘆似的，一個挨着一個地滾到地面上去。

　　首先着地的孔嵐，感到地面上是一片軟綿綿的，像鋪墊了一層厚厚的棉花，令她即使從高處摔下來，也沒有半分疼痛的感覺。

　　正當她睜開眼睛欲看清楚周圍，卻聽得身後「啪」的一聲，原來是程小黑緊接着落在她身旁。

　　「你沒事吧？」孔嵐連忙關心地問。

程小黑托了托眼鏡，一臉不以為然地説：「既然你沒事，我又能有什麼事？」

　　孔嵐最受不了他這種冷冷的作風，若是換了平日，她早已跟他大吵一場，但念及剛才全憑他及時出聲示警，自己才能避過一劫，便沒有跟他計較，只點點頭道：「剛才謝謝你了，你沒事就好！」

　　她的落落大方，倒令程小黑有點不好意思，只好朝左右張望，刻意轉移話題：「這兒到底是什麼地方，怎麼怪裏怪氣的？」

　　經他這麼一説，孔嵐才注意到原來他們並沒有回到甜品屋那條小巷，而是處身於一片白茫茫的空間裏，不禁大為吃驚，正要開口説什麼，旁邊又再「啪啪」兩聲，是龍爽和戴樂天相繼着地。

　　剛着地的龍爽，一見到眼前這片虛空的白

霧，就驚異地喊：「嵐嵐，我們該不會是被綁架了吧？」

戴樂天也萬分震驚，他理了理頭頂那撮往上豎的頭髮，勉強裝出鎮定的樣子，乾笑着接口道：「這兒一片白霧迷離，說不定我們已經死了，來到天堂了呢，呵呵！」

聽到一個死字，龍爽不由地抖了抖，不禁生氣地瞪他一眼道：「胡說八道什麼啊？」

程小黑倒是處之泰然，一邊抬頭環顧四周，一邊理智地分析着道：「我們只是尋常人家的孩子，不會有人要綁架我們。反而小天的話不無道理，這兒的確不像是現實世界！」

「怎麼連你也相信戴樂天的鬼話？」龍爽很不服氣，正要出言反駁，一把柔美的聲音，忽然從四方八面傳來：「你們果然聰明！」

大家頓時大吃一驚，急忙抬頭尋找聲音的

來源。

　　一位披着淺紫色薄紗裙，梳着一頭古代髮髻的年輕女子，飄然落在大家眼前。她輕輕地掃視了大家一眼，溫柔地微笑道：「你們莫怕，這兒安全得很！」

　　孔嵐見她態度友善親切，舉止優雅，似乎不像是壞人，於是大着膽子問道：「這位姐姐，請問這兒是什麼地方？」

　　女子微微一笑，只抬手往空中一抹，但見空中那大片的白霧一下子消失不見，取而代之的，是一大片落霞似的橘紅色，而地上則是一片無盡的七彩花田，一羣不知什麼名堂的飛鳥，在雲霞間來回翱翔，儼如傳說中的人間仙境。

　　「哇，這是在變法術嗎？」戴樂天瞠目結舌。

女子理了理高聳的髮髻，嫣然一笑道：「沒錯。這兒是天界與地界之間的交匯處，而我是玄女，是負責掌管這兒的使者。」

龍爽詫異得瞪大了眼睛：「你說的玄女，是指神話傳說中的戰神九天玄女嗎？」

孔嵐同樣驚訝萬分，她深深地吸了一口氣，強自定下心神，開始仔細地打量着眼前這位玄女。

玄女穿着一身輕薄的綢緞花裙，一頭烏髮縮成環狀盤在頭頂，高髻上插着一枝閃亮的髮簪，簪子上鑲有一朵以不同顏色的寶石拼湊而成的七彩花，顯得既漂亮又高貴。她雖然一直都笑容可掬，但眉宇之間總透着威嚴，令人不自覺地依從她的話。

玄女嬌笑一聲道：「除了九天玄女，你們還認識四象嗎？」

孔嵐和龍爽一臉迷惘地搖搖頭。

戴樂天撓着頭，笑着反問：「有四象，是不是就有三象和二象？哈哈！」

只有程小黑像背書似的一口氣回答道：「四象是指青龍、白虎、朱雀和玄武。在我國古代的天文學中，是分別代表東、西、南、北四個方位；而在神話傳說中，則是指專門對付各種妖魔鬼怪的神仙。」

「你懂的挺多啊！」玄女讚賞地望了小黑一眼，「不過，神話歸神話，而事實上，我是天帝的使者而非戰神。至於青龍、白虎、朱雀和玄武，則分別是東、西、南、北四大門派的首領，負責保護天下蒼生，故此一直備受萬民敬重，留下了千古佳話！」

語畢，她直望着他們，微笑着問：「我說到這裏，你們應當明白自己為什麼會來到這兒

了吧？」

　　他們專心一意地聽着故事，沒料到話題忽然轉到自己身上，都不禁愕然地問：「這跟我們有什麼關係？」

　　玄女一正臉色道：「因為你們就是四大門派派遣下凡的門生。」

　　戴樂天感到有點昏了頭，不由地伸手輕拍臉頰：「天啊，我不會是在做夢吧？」

　　向來只看科學雜誌的龍爽，當然不會相信她的話，只冷笑一聲道：「現在騙子騙人的技倆也實在是太拙劣了，居然搬出幾千年前的神話傳說，也太沒新意了吧？」

　　玄女也不置可否，只從容地從寬闊的衣袖中取出一隻紫色的小手鐲，放在孔嵐的手心，微笑着道：「你們可以先回去考慮清楚，有事想找我時，可以對着這個法器，唸一句『阿

紫，阿紫，請引路』，便能見到我。」

孔嵐還未看清手鐲的樣子，玄女忽然大手一揮，天空再次出現一個大漩渦，他們便像來時一樣，跌進強大的漩渦當中，旋轉再旋轉。

當旋轉的力量漸漸停下來後，孔嵐睜開眼睛一看，卻發現自己竟然躺在家中的睡牀上。

她抬頭往外看，只見外面的夕陽，仍然泛着一片橘紅色。

「我怎麼回家了？」孔嵐有些迷茫，匆匆翻身走出客廳。

正在廚房忙着做飯的媽媽，見她慢悠悠從睡房裏出來，不滿地一皺眉道：「我還以為你是在外面看書，卻原來是躲在裏面睡懶覺，快來幫忙！」

「來了！」她連忙應道。

她站在餐桌前，一邊擺着碗筷，一邊暗自

思量着：「從我離開家到現在，前後也該有一個小時的時間了，怎麼天空仍然是橘紅色？難道是我睡着了，剛才發生的一切，都只是一場夢？」

　　她接着又甩了甩頭，自嘲地笑說：「當然只是做夢了，難道我真的會是神仙的化身嗎？」

第三章
疑幻疑真

　　知道一切都只是一場夢後，這天晚上孔嵐睡得特別安穩，連夢也沒有再做一個。到了第二天起來的時候，對於昨天所經歷的一切，也就差不多忘記得一乾二淨了。

　　她如常地換上校服，預備出門上學之際，媽媽把她喊住。

　　媽媽從洗手間裏探頭出來，手上拿着一隻晶瑩剔透的紫色翡翠手鐲，疑惑地問道：「嵐嵐，這隻手鐲是你的嗎？怎麼我從來沒見過？」

　　孔嵐回頭一看，只見一隻刻有鳥狀圖案的

紫色手鐲，在她眼前閃閃發光。

　　她心頭登時「咯噔」一聲，這隻手鐲不正正就是她在睡夢中見過的玄女法器嗎？難道昨天的一切都是真的？

　　孔嵐的思緒頓時混亂無比，只告訴媽媽是爽爽送的生日禮物，然後將手鐲往自己的手腕上一套，便火速奔回學校，想要找跟她同班的龍爽印證一下。

　　誰知她才剛跨出大門，便見到背着書包的龍爽，已經等在她的家門前。

　　龍爽的臉色看來不太好，一見到孔嵐便迎上前來，劈頭問道：「嵐嵐，請你告訴我，昨天我沒有到這兒找過你，我只是做夢而已，對不對？」

　　原本打算向龍爽打聽的孔嵐，見她有此一問，心中頓時一寒，目光直直地望着龍爽，搖

搖頭道：「我恐怕，這不是夢。」

一直只信奉愛因斯坦和霍金的龍爽乾笑了一聲，起勁地搖着頭道：「怎麼可能？該不會你也見到漩渦、七彩花田和仙女姐姐吧？」

孔嵐緩緩地點了點頭。

「糟了，難道我們遇上詐騙集團了？現在騙子騙人的技倆真是層出不窮！」龍爽臉色大變，繼而又不解地分析，「但是我們並非大富大貴，他們為什麼要如此挖空心思地打我們的主意呢？」

正當龍爽還在揣測着各種可能性時，孔嵐忽然停下腳步，一臉正色地說：「爽爽，你聽我說。」

龍爽見她神色凝重，心裏更是不安，「怎麼啦？」

「事情的確很匪夷所思，原本我也以為只

是一場夢，但今天起牀時，我卻找到了這個東西。」孔嵐邊説邊揚起手腕上的手鐲。

當龍爽見到那隻晶瑩的紫色手鐲時，臉上的神情比孔嵐還要震驚百倍：「這⋯⋯這隻手鐲，不正是玄女的法器嗎？這⋯⋯怎麼可能？」

龍爽思索着，企圖找出一個較為合理的解釋：「難道我們是被催眠了，又或者是中了什麼迷魂藥之類的？這隻手鐲只是他們的誘餌？」

「可是你看，這隻手鐲看起來價值不菲啊！」孔嵐把鐲子遞給龍爽。

龍爽接過手鐲，仔細地端詳起來。

手鐲是由一塊晶瑩剔透的紫翡翠打造而成，手鐲的表面雕刻着一雙栩栩如生的鳳凰，刀工極其巧妙精細。龍爽雖然對珠寶玉石一竅不通，但直覺告訴她，手鐲的確不像是那些能隨便在路邊攤找到的便宜貨。

沉吟半晌後，孔嵐提議道：「今天放學後，不如我們回到事發現場，看看能否找到什麼蛛絲馬跡吧！」

「好主意！」龍爽連連點頭。

如此這般，當天下午放學後，她們便再次回到昨天的那條小巷。

位於小巷的那家甜品屋，客人依然絡繹不絕，小巷兩旁的商店也依然是老樣子，瞧不出

有什麼不對勁。

　　孔嵐彎着身子，沿着小巷緩緩地向前走，把附近的每一寸土地都仔細地搜查一遍，但沒有什麼收穫，正自疑惑的時候，卻猛然發現程小黑和戴樂天二人，不知什麼時候來到她身後，不禁詫異地問：「你們怎麼也來了？」

　　戴樂天揚了揚拳頭，一副理所當然的樣子道：「這兒發生了襲擊事件，我們身為下凡捉妖的神仙，當然要來查個水落石出啦！」

　　程小黑倒是直接，一見到孔嵐便單刀直入地問道：「玄女的事都是真的，你的確是被人襲擊了，對吧？」

　　龍爽吃驚地瞪大眼睛：「原來大家都記得，這證明我們都不是做夢了！」

　　程小黑從衣袋裏摸出一朵花，放到她們的眼前：「原本我也認為只是夢，但我相信這個。」

這朵花共有七片花瓣，每片花瓣的顏色都不同，分別是紅、橙、黃、綠、藍、紫、白七種顏色。

這朵七彩花一出，非但龍爽，其餘三人也變了臉色。因為大家都明白，如此特別的一朵花，除了在九天玄女那兒見過外，誰又能在現實中找得到？

龍爽張口結舌地問：「這朵花你是從何處得來的？」

程小黑托了托眼鏡，不太確定地說：「具體如何我也不太肯定，總之當我一睜開眼睛，便見到它黏在我的褲管上。」

如此一來，即使事情看起來有多荒誕，大家也不得不相信了。

不過，深信科學的龍爽仍然想作最後的思想掙扎：「如果玄女的話是真的，那麼襲擊

我們的黑衣人又會是誰？他為什麼要襲擊我們呢？」

對於這個問題，沒有人能答得上來。

當大家都費煞思量的時候，孔嵐忽然嗅到一陣熟悉的怪味，立刻回頭一看，只見一個黑影正快速地從後向他們撲過來。

「噢！」孔嵐吃驚得不知該如何反應。

程小黑見情況危急，連忙提醒她道：「孔嵐，玄女不是説過，有事時可以用法器呼叫她嗎？你快試試看！」

孔嵐被他一言驚醒，忙急急把右手的鐲子脱下來，對着它大聲喊道：「阿紫，阿紫，請引路！」

霎時間，天空的雲層迅速聚攏起來。

一股既熟悉又陌生的力量，再次把他們帶到半空中去。

第四章
神魔世界的法則

有了上次的經驗，這次孔嵐明顯鎮定得多，儘管仍在漩渦中打轉，但也竭力睜開眼睛，想要弄清楚到底是怎麼一回事。

可惜漩渦的衝力實在太大，她只看到一片白茫茫。

不一會兒，這股不知名的力量，再次把他們帶到那片仙境一樣的七彩花田。

「歡迎回來！」遠方傳來一把嬌柔的聲音。

他們抬頭一看，一個紫色的倩影已笑意盈盈地飄然而至。

與此同時，那隻把他們帶回來的阿紫手鐲，不知何時已變回原來的大小，像長了眼睛似的飄落在玄女的掌心。

大家看得驚訝不已。

滿腹疑團的孔嵐，頓時迫不及待地衝前問道：「玄女姐姐，你說我們是下凡歷練的仙子，這是真的嗎？那個襲擊我們的黑衣人，又是怎麼回事？」

玄女沒有立刻回答，只優雅地伸手往前方一指，眼前迷濛的白霧裏，便剎時冒出了一座建築精巧的涼亭。

這座涼亭是以八根朱色圓柱為支柱，每根柱子上，都雕刻着神態各異的百鳥圖案。亭子的正中央，放着一張白色的圓石桌及五把石凳，桌上還有一組精緻的茶具，五隻茶杯正熱騰騰地吐着煙圈。

玄女笑着招呼道：「請先坐下歇息。」

大家見玄女憑空就能變出涼亭、桌子和熱茶，一時都看得目瞪口呆。

玄女環視了大家一眼，體貼地笑道：「你們別急，先聽我説一個故事。」她語氣一頓後，開始娓娓道來。

原來早在天地初開的時候，天帝便把人間劃分成東、南、西、北四個方位，並分別由青龍、朱雀、白虎和玄武四仙主理，肩負降魔伏妖的任務，保衞四方安寧。

四仙按自身的長處，各自擁有不同的法力和法器，本領不相伯仲之餘，又能取長補短，每當面對妖魔時，他們都會按照妖魔的特長，使出相對應的法術。只要四仙合璧，便必定攻無不克，百戰百勝，深得百姓愛戴，將他們奉為四靈。

然而，隨着時代的演變，人們對仙人的信仰開始動搖，四大門派的影響力也日漸薄弱，以混沌為首的邪惡勢力便趁機壯大。他們利用妖邪的法術，在人類各族羣中興風作浪，千年來引發無數大小戰役，令生靈塗炭。

為了拯救凡間無辜的人類，天帝決定要重振四大門派的聲威，命令四大門派各自派遣一位弟子下凡，為人類降妖除魔。但為免驚擾人類，四位弟子在凡間的一切活動，都必須以人類的身分去面對。

聽到這裏，性子急的戴樂天首先按捺不住：「你的意思，是指我們就是四大門派的弟子嗎？那麼我是哪一派的？」

玄女沒有直接回答，卻從寬闊的衣袖中掏出四件物器，然後隨手往空中一拋，四件物器便像寵物在尋覓主人似的，在孔嵐等四人頂

上來回盤旋了好一會兒，才分別落在四人的眼前。

大家都驚訝得無法言語，不由伸手把它們一一接住。

玄女見他們各自取得了物器後，才不徐不疾地解釋道：「這四件法器是分別代表四大門派，你們手握哪一件法器，就代表你是屬於哪一個門派。」

落在龍爽手中的，是一枚像是鱗片形狀的翠綠色吊墜。

「這是什麼？難道是龍的鱗片？」她將墜子放在襟前比劃了一番，覺得好像也沒什麼特別，便好奇地湊到孔嵐旁邊問：「嵐嵐，你的法器是什麼？」

孔嵐攤開手心一看，原來是一枝金髮簪，簪子上刻着一隻外形跟鳳凰十分近似的鳥，身

上覆蓋着濃淡有致的羽毛，看上去栩栩如生。

「原來你是南門的鳥族啊！」龍爽輕撫了一下鳥身上的羽毛，發現那些羽毛有明顯的脈絡，不禁訝然地喊道：「天啊，難道這簪子上的羽毛，竟然是從朱雀身上取來的？」

戴樂天見狀，也揚起自己手上一條黑白色花紋的皮革手帶，搶着插嘴道：「幾根羽毛算什麼？你們看我這個手環，分明全是以白虎皮編織而成的啦！」

龍爽見他一臉得意，也故意晃了晃自己的吊墜，昂頭笑道：「白虎說到底也不過就是一頭老虎而已，哪能跟我這個來自天上的龍相提並論？」

戴樂天不服氣地反駁道：「胡說！我們白虎西派，跟你們青龍並列四大門派，哪有分誰高誰低的？」

見到這兩位歡喜冤家又要開戰，孔嵐也懶得再理會，只三兩下子將長馬尾盤成髮髻，然後一把將金簪斜斜地插進髮髻，回身問程小黑道：「你呢？你的法器是什麼？」

程小黑沒有答話，只提起左手的無名指，便見到一枚刻有龜蛇形狀的墨綠色指環，正在閃閃發光。

龍爽和戴樂天即時休戰，雙雙好奇地上前細看。

戴樂天瞄了指環一眼，便衝口而出地笑道：「原來你是涼血動物的代表，怪不得成天冷得像冰啦！」

程小黑冷冷地瞪了戴樂天一眼，沒好氣地道：「正確名稱應該是變溫動物好嗎？」

戴樂天嘻嘻一笑，趕緊識趣地修正道：「是是是，是變溫動物！」

龍爽一皺眉問：「變溫動物是什麼意思？」

孔嵐詳細地解釋道：「即是不能自我調節體溫的動物，大部分的水族，包括魚、蛇、龜等都屬於此類！」

這時，玄女又再微微一笑道：「每件法器都具有無窮的法力，是你們日後捉妖時的最佳拍檔，但以你們現時的能力，暫時只能使用一種法術。」

龍爽連忙問道：「是什麼法術？」

玄女搖了搖頭道：「這可說不準！每件法器都具有不同的法力，你們可以先學習如何施法，至於何時擁有何等法力，便得看你們的機緣了。」

她語氣一頓後又接着說：「施法的方法其實很簡單，你們只要手握法器，然後唸出咒

語，像這樣！」

她邊說邊揚起手上的紫手鐲，指着桌上一杯熱茶，唸道：「阿紫小仙，法力無邊！」

原本熱騰騰的一杯茶，被她這麼一指，竟瞬即結成了冰。

「嘩，好厲害啊！」戴樂天看得熱血沸騰，立刻舉起手腕上的黑白手帶，對準身前的那杯熱茶，跟着唸道：「阿紫小仙，法力無邊！」

可是，熱茶一點反應都沒有。

戴樂天失望地喊：「噢，怎麼不行啊？」

玄女笑了笑，忍不住補充地說：「法器是有靈性的，只聽命於它認定的主人。阿紫是我為手鐲起的名字，自然只聽命於我。你們要施法，得先為法器起個名字，方能有效。」

戴樂天從來沒試過替別人起名字，覺得有

趣極了，於是想也沒想，便隨口說道：「我的法器是黑白相間的，跟斑馬線挺像，不如就叫斑斑吧！」

「怎麼聽起來像是小狗的名字？」龍爽嘲笑一聲，然後低頭望着自己手上的翠綠色鱗片，像在哄孩子似的對它說：「你全身都是碧綠色，我就叫你碧兒吧，好嗎？」

霎時間，龍爽彷彿看見一絲碧綠的光芒，在鱗片內一閃即逝，頓時驚喊出聲：「噓，你們看，碧兒好像有回應啊！」

孔嵐也伸手輕撫着頭上的金簪，親切地對它說道：「既然爽爽的法器叫碧兒，不如你就叫鳳兒，那麼你跟碧兒便可以湊成一對了，好不好？」

程小黑倒是沒太在意，只淡淡地說：「名字只是一個稱呼而已，我沒什麼講究，既然我

叫小黑，那麼它就叫小墨好了！」

剛起了名字，戴樂天已迫不及待地揚起法器，對着空曠的七彩花田喊：「斑斑小仙，法力無邊！」

然而，他等了很久，仍然一點動靜都沒有。

龍爽哈哈大笑：「小天，你的斑斑好像不太聽話呢，不如看我的吧！」

她手握鱗片吊墜，大聲喊道：「碧兒小仙，法力無邊！」

話剛出口，她手中的鱗片便像吹氣球似的突然變大，轉瞬間，竟像一隻巨型的飛碟似的，並且快速地向着天邊直衝而去。

一直緊握着鱗片的龍爽，冷不防被鱗片這麼一拉，整個人便不由地被拉到半空，嚇得她幾乎要從高處摔下來。幸好她反應敏捷，立時

抓緊了鱗片的邊緣，借力攀到鱗片上去。

　　站定了身子後，她俯下身來，從高空望向地上的孔嵐等人，起勁地揮着手道：「哇，你們看，我的碧兒變成了一隻飛碟呢！」

　　誰知她的話還沒説完，碧兒忽然又再漸漸縮小，急速地向下墜去。

　　「救命呀！」龍爽害怕得驚叫出聲，一雙手緊抓着鱗片兩邊，不知該如何是好。

　　站在地下的孔嵐、程小黑和戴樂天同樣嚇得面如土色，很想立刻上前營救，但她人在半空中，他們一時也想不出對策，只能眼睜睜地看着她從天而降。

第五章
夜探甜品屋

　　在這樣的緊要關頭，戴樂天不假思索便衝前營救，只可惜才剛伸手欲接，龍爽的身影已在不及一米的距離閃過，「啪」的一聲落在七彩花田上。

　　幸而花田是綿軟軟的，龍爽未有任何損傷。

　　雖然只是虛驚一場，但龍爽還是被剛才的驚心動魄嚇住了，一顆心還在撲通撲通地劇跳，忍不住驚喊：「怎麼回事，為什麼法術只能維持短短數秒啊？」

　　「別急，只要勤加練習，自然能掌握當中

的要領。」玄女笑着安慰。

「可是，我們從沒見過那些所謂的妖怪，我們要往哪兒找他們？」孔嵐忍不住問。

玄女意味深長地說：「其實你們早就打過照面了！」

腦筋最靈活的程小黑歪着頭，遲疑地問道：「難道是那個襲擊我們的黑衣人？」

玄女點了點頭道：「沒錯！他們為了掩人耳目，作惡時一般都會幻化成人形，以各種身分來作掩護，讓人不易察覺。不過，他們身上有一種獨特的氣味，你們可以憑此把他們分辨出來。」

孔嵐心頭一動，「哦，我在小巷遇上那個黑影時，便曾經聞到一陣奇怪的氣味，難道這就是妖怪的氣味？」

得知曾經跟妖怪擦身而過，戴樂天覺得既

刺激又惋惜，摩挲着拳頭道：「哎呀，如果我早知道，就跟他們比劃比劃嘛！」

龍爽忍不住白他一眼：「笨蛋，那時候我們還沒有法力，如果貿然跟他們動手，説不定早已一命嗚呼了！」

「也對啊！」戴樂天笑着搔了搔頭，正要再向玄女請教，誰知玄女把一卷白色的卷軸交到孔嵐手上，叮囑道：「這是見習小仙在凡間活動時的法規，請你們牢記在心，至於其他事情，到了適當時候便自有分曉的！」

玄女剛語畢，隨即把手一揚，那個熟悉的漩渦便再次出現眼前。

戴樂天頓時着急地喊：「不是吧，又得走了？我還有很多事情沒弄明白呢！」

他的話還沒説完，只感到身子一輕，便已經和其他三人，一起被捲進漩渦當中去了！

當漩渦停下來時，孔嵐發現自己又回到自己的睡牀上。所不同的是，這次她手上多出一卷白色的卷軸。

　　這時仍然是下午三時多，爸爸媽媽還沒有下班，孔嵐連忙取起卷軸，匆匆奪門而出，再次向着那條小巷奔去。

　　當她來到小巷時，龍爽、程小黑和戴樂天早已等在那兒了。

　　戴樂天一見到她，便立即上前追問：「嵐嵐，玄女的卷軸呢？快拿給我看看嘛！」

　　這份卷軸是以最上乘的白絹製成，觸感柔軟光滑，而繫着白絹兩頭的軸桿，則是以翠綠色的翡翠打造而成，一看就知絕非凡品。

　　接過卷軸後，戴樂天迫不及待地把它攤開，卻訝然發現整塊白絹，除了左下方繡着一條金光閃閃的飛龍外，全是一片空白。

戴樂天不敢相信，把卷軸翻來覆去地仔細檢查，卻始終瞧不出任何端倪，不禁疑惑地問：「怎麼回事？為什麼一個字都沒有，不是說法力無邊嘛……」他的話還未說完，雪白的絹面上，忽然便顯現了一堆以毛筆寫成的楷書。

「咦？真的有字耶！」戴樂天驚訝地大喊。

字體一行接着一行地顯現，大家看着都覺得神奇極了，「哇，原來我們在捉妖的同時，還可以順道修煉成仙，太好玩了！」戴樂天一邊讀着絹上的字，一邊興奮地喊。

程小黑卻眉頭大皺，懊惱地說：「妖怪都早已幻化為人形，我們連誰是妖誰是人都分不清楚，又如何捉妖修煉？」

原來絹上的字是這樣寫着：

見習小仙修煉守則

一. 龍族、鳥族、獸族和水族本是一家，四族弟子應合力降魔伏妖，以保人界與天界萬年安好。

二. 見習小仙乃是凡身，不具法力，只可利用法器施法修行。

三. 凡成功降伏妖魔者，可盡得妖魔之修為，待法器將當中戾氣盡去後，法力可晉升一級。

四. 見習小仙須進行修煉，直至妖魔盡去，功德圓滿，方可回歸仙界。

五. 凡仙妖間之事情，一概不得向凡人透露，以免泄露天機。無論任何情況下，皆不可使用法術傷害人類。

「找妖怪不難。」孔嵐呵呵一笑，指了指甜品屋附近的範圍，以無比篤定的語氣道：「上次我就是在這兒聞到那些妖氣的！」

「難道這家甜品店藏着妖怪？」戴樂天思疑地說。

龍爽瞪他一眼：「你別危言聳聽！」

「是不是危言聳聽，進去看看不就自有分曉嗎？」戴樂天邊說邊已邁開腳步，三兩下子便跨進了草莓形狀的大門。

大家吃了一驚，想要把他喊住，已經來不及。想到店裏很可能會有妖怪，孔嵐、龍爽和程小黑都難免心裏發毛，但戴樂天是他們的戰友，他們無論如何也不能讓他隻身犯險！

三人匆匆對視了一眼，便有默契地一起走了進去。

甜品屋內的裝潢是以淺粉色系列為主，無

論餐具、桌椅還是牆壁上的裝飾，都散發着一種喜悅的氛圍。

此時店內食客不多，十來張餐桌當中，只有兩桌客人。

他們剛踏入店內，一位穿着粉色制服的女店員，立刻殷勤地迎上前來：「歡迎光臨，隨便坐！」

「我們跟他是一道來的！」龍爽指着坐在靠近門口位置的戴樂天。此時，戴樂天正拿着餐單細閱着，見孔嵐等人也來了，興致勃勃地推介道：「你們看，這兒的甜品配搭很特別，木瓜配花生露、馬鈴薯配杏仁露、番茄配奶昔，看上去都挺新穎啊！」

龍爽白他一眼，悄聲道：「就只知道吃，你忘了我們的任務了嗎？」

戴樂天一本正經地搖頭擺腦：「就是為了

任務才應該好好點餐，不然我們如何名正言順地坐在這兒？」

「小天説得沒錯！」程小黑拿起餐單把臉孔掩住，只暗中露出一雙眼睛，骨碌碌地打量着四周。

店內總共有四名女服務員，除了一位是在櫥窗前負責售賣外帶食物外，其餘三人都殷勤地招呼着客人，看不出有什麼異常。

戴樂天舉手正要下單，旁邊一男一女的食客忽然吵了起來，而且越吵越烈，連坐在一旁的孔嵐等人，也為之側目。

正當他們遲疑着該不該上前勸止時，另一桌坐得較遠的一家三口，也不知為何開始教訓起孩子來，惹得孩子哇哇啼哭。

不過剎那間，整個甜品店被他們鬧得雞飛狗跳，那幾名服務員唯恐事情會進一步鬧大，

只好急忙上前勸止。

　　孔嵐等四人見店內亂作一團，也不好再多作逗留，忙趁亂起身離開。

　　逃離了是非之地後，戴樂天嘖嘖連聲地笑說：「你們一定是想太多了吧？這兒分明就是一家再尋常不過的甜品店，依我看，那些食客比店員更可疑呢！」

　　龍爽也吐了吐舌頭，難得跟戴樂天意見一致地說：「可不是嘛，那兩桌客人的脾氣也太暴躁了！」

　　「這就怪了！」孔嵐也不得不懷疑自己的判斷，「那些奇怪的生物和氣味，同時出現在一個地方，難道真的是純粹巧合？」

　　程小黑沉吟着道：「現在是大白天，店裏人來人往，即使真的有什麼不可告人的秘密，相信他們也不敢太明目張膽。或許，我們應該

晚上才來查探！」

「有道理，我們今天晚上再來好嗎？」孔嵐難得跟他意見相合。

「一言為定！」龍爽和戴樂天也點頭和議。

當天晚飯過後，他們都以到附近的球場打籃球為托詞，紛紛從家裏溜出來，再次來到甜品屋後面會合。

這時的甜品屋已打烊，門前的鐵閘拉下了一大半，但鐵閘縫間仍然透着光，裏面顯然還有人。

孔嵐蹲下身從鐵閘的縫間看進去，只見店內已收拾乾淨，桌椅都整整齊齊地疊在一旁，卻一個人也沒有。

「服務生們都去哪兒了？」她奇怪地問。

程小黑的腦筋十分靈活，立刻低聲道：

「我們到後門去看看！」

　　甜品店的後門有一道頗大的玻璃窗，他們蹲着身子偷偷看進去。

　　玻璃窗裏頭正好是廚房的位置，白天見到的那幾位女服務生，正窩在廚房忙着清潔和做善後工作。

　　「看吧，我都說你們疑心太大，根本什麼事也沒有！」戴樂天一拍手道。

就在這時，一陣熟悉的奇怪氣味，不知從哪兒傳進孔嵐的鼻孔。

　　「那股怪味又出現了！」她一邊伸手在鼻頭前來回搧着，一邊朝左右張望着，猛然發現有一輛大卡車，不知什麼時候停在甜品屋的正前方。

　　「難道這股怪味是來自這輛卡車的？」孔嵐疑惑地道。

　　「到底是什麼怪味？怎麼我什麼都沒嗅到？」戴樂天昂起頭使勁地吸氣，企圖嗅出孔嵐所指的那股怪味。

　　他話剛說完，便隨即聞到一股異樣的氣味。

　　「哇，我聞到了！」他驚喜地回頭一看，才發現原來龍爽正用一根樹枝，勾着一個裝滿食物殘渣的垃圾袋，悄無聲息地站在他身後。

龍爽見他回頭，忍不住「哈哈哈」地捧腹大笑。

　　戴樂天氣紅了臉，正要破口大罵時，程小黑朝他們做了個噤聲的手勢，指着那輛卡車，嚴肅地悄聲說道：「你們別吵了，我們得先躲起來，否則行蹤很快便要暴露！」

　　二人大吃一驚，趕緊各自找一個暗處躲好後，才偷偷探頭窺視。

　　不一會兒，卡車的門打開，數名穿着深藍色制服的人，從卡車上跳下來。

　　走在最前頭的那一位，披着一身黑色的呢斗篷。

　　孔嵐看得心下一怯，下意識急退數步，抖着聲音問道：「這⋯⋯這個人，該不會就是襲擊我的人吧？」

第六章
深入虎穴

穿黑斗篷的神秘人乍現，把孔嵐嚇呆了，龍爽見孔嵐臉色發青，一動不動地呆站着，急忙把她拉到小巷隱蔽處，低聲地安慰道：「先別慌，也許他們並非同一路人。」

孔嵐將手掌放在鼻頭搧了搧，再三地確認後，以極為肯定的語氣説：「不！奇怪的氣味越來越濃烈了，這兒一定有古怪！」

這些神秘人走到卡車後面，把一個又一個大約三尺高的圓桶子拉到甜品屋大門前。這些桶子表面，都貼有一個形狀獨特的標籤，不知道代表什麼。

「這些綠色桶子，外形很像一般的垃圾桶，裏面會是什麼呢？」孔嵐瞟了一眼那輛大卡車，只見車身四周都是一片灰白色，沒有任何公司名稱或標誌，不禁大感奇怪。

戴樂天忍不住取笑道：「笨蛋，既然是垃圾桶，當然就是放垃圾的啦！」

「你才是笨蛋！」龍爽瞪他一眼，「這兒是甜品屋又不是垃圾處理站，即使有垃圾，也該是從店裏搬出來才對，哪有人會把垃圾往屋內塞的？」

「也對啊！」戴樂天撫着自己倒豎的頭髮，呵呵一笑。

程小黑盯着那些桶子說：「這些桶很可疑！」

正當大家感到疑惑之際，為首的黑衣人大踏步地跨進甜品屋，跟其中一位女店員聊了幾

句後，便吩咐其他人把四個桶搬了進去。

搬運完畢後，他們匆匆跳上卡車，預備開車離開。

從表面上看，他們都只是搬運工人，似乎並無不妥，但程小黑仍然皺着眉頭道：「這幫人，我怎麼看都透着古怪！」

戴樂天不假思索地說：「想知道他們到底葫蘆裏賣什麼藥，跟着去看看不就知道了！」

「我們沒有車，怎麼跟？」孔嵐遲疑地問。

「怕什麼？你忘了我有碧兒嗎？」龍爽揚了揚脖子上的鱗片，然後在大家還來不及反應時，她已低聲地唸起咒語來：「碧兒小仙，法力無邊！」

霎時間，鱗片果然迅速變大。

首次正式使用法器，大家都不免一臉新奇

地盯着鱗片。

「嵐嵐，小天，小黑，你們快上來！」早已跳上鱗片的龍爽伸出手來，預備要把他們都拉上去。

大家正看得出神，聽到龍爽的喊聲才回過神來，急急躍上前去。

鱗片似乎真的挺有靈性，大家剛躍上去坐好，它便像有人在駕駛似的迅速衝上半空，緊貼在那輛卡車車頂的上空飛行。

這時正是炎熱的夏夜，飄然地在半空中飛翔，迎着颯颯晚風的感覺實在太爽了，大家都感到既有趣又涼快。

鱗片越飛越高，地面上的建築物變得越來越小，孔嵐低下頭，望着腳下一片的空蕩蕩，不免有些膽怯地說：「我們會不會飛得太高了，如果不小心摔下去怎麼辦！」

龍爽雖然也有些忐忑，但還是勉力地笑着安撫她道：「放心吧，我的碧兒是有靈性的，一定不會有事！」

程小黑倒是沒當一回事，雙手往腦後一放，泰然自若地說：「我們既然選擇相信玄女，就該放寬心。像這種無法解釋的奇異事件，日後必定還有很多呢！」

孔嵐見程小黑如此氣定神閒，自然不願意輸給他，於是也竭力定下心神，開始把注意力重新放回那輛卡車上。

幸虧此時天色已晚，加上他們正身處數十米的高空，跟地面有着相當大的距離，根本沒人注意夜空之中，會忽然多出一隻「飛碟」。

卡車一直以極快的速度行駛，沒多久便從車水馬龍的市區，來到寧靜的郊外。

郊外的車輛明顯較為疏落，夜幕亦已然降

臨，來往的車輛不多，走在路旁的行人更是絕無僅有，卡車於是越發加快，直到駛至接近水塘一帶的山頭時，才在一座只有三層高的平房前停下來。

孔嵐等人從高處俯瞰，只見這座平房是位於山腳的位置，地處偏僻，四周除了一條可供出入的小徑外，並無其他通路。平房的後方是一片雜草叢生的荒地，而荒地的另一邊，則是一個佔地頗大的郊野公園，晚上人跡罕至。

平房入口處的矮石墩上，有兩名身形高大的男子正站在石墩前聊天，明顯是負責站崗的守衞。

車子剛停定，穿着黑斗篷的神秘人便一馬當先，領着其他人從車上跳下來，快步向着平房走去。

那兩名守衞一見是他，立刻上前開門相

迎。

眼見神秘人走進屋內，戴樂天有些着急，「這兒必定就是他們的大本營，我們得想辦法溜進去啊！」

孔嵐連忙搖頭道：「門外有護衛把守，我們又無從得知屋內的情況，如果貿然闖入，未免太冒險了！」

「怕什麼，我們不是有法器護身嗎？」戴樂天揚了揚手帶。

「孔嵐説得沒錯！」程小黑的想法難得跟孔嵐一致，「我們雖然有法器在手，但還未掌握施展的方法，萬一失手被抓，後果不堪設想。」

「但我們既然來了，總不能空手而回吧？」戴樂天一臉不情願。

龍爽瞟了他一眼：「我們不能逞一時之

勇！我們既沒有法力，又沒有實質證據可以證明他們在做壞事，即使報警，警方也不會受理啊！」

孔嵐目光忽然一亮，朝龍爽眨了眨眼睛道：「爽爽，你不是有蟑螂攝像機嗎？現在正是大派用場的時候啊！」

「哦，我怎麼一直沒想到！」龍爽一拍後腦勺，忙急急從吊帶褲袋中一翻，取出了她的蟑螂攝像機。

龍爽立刻施法，讓碧兒緩緩地向着平房後面的那片荒地飛去，然後把蟑螂攝像機輕輕放到草坪上，再啟動手機遙控系統，小蟑螂便慢慢地沿着旁邊的小徑，暢通無阻地從屋子的縫隙鑽進去。

第七章
驚天大陰謀

　　猛然看見龍爽手中的蟑螂，程小黑和戴樂天都嚇了一大跳。

　　當看清蟑螂的模樣後，戴樂天嗤笑一聲道：「爽爽，你竟然把新發明做成蟑螂的模樣，這是什麼品味啊？」

　　「你懂什麼！」龍爽抿了抿嘴，正要申辯什麼，孔嵐朝他們做了個噤聲的手勢，指了指旁邊的郊野公園，悄聲地說：「這兒不安全，我們先找個地方藏身再說！」

　　大家趕緊躡手躡腳地走進郊野公園，並以最快的速度跑到一個比較隱蔽的樹叢後躲了起

來。

看到大家都安然地圍在一起後，龍爽取出手機，打開一個自製的軟件，手機屏幕便搖身一變，成為即時傳送畫面的閉路電視。

龍爽指着屏幕道：「你們快看，這就是屋內的實時情況！」

畫面上映着的，是一個偌大的加工場，一批穿着深紫色制服的工人，正有序地坐在一排排的輸送帶上，忙碌地為各種蔬果進行包裝工作。

戴樂天有點失望地說：「看來沒什麼特別，不過就是普通的加工場罷了！」

「不可能！」孔嵐篤定地說。

隨着蟑螂攝像機不停地往前走，鏡頭一轉，只見靠近大門的另一邊，有一道通往二樓的樓梯。

孔嵐皺着眉道：「可惜蟑螂爬不了樓梯，無從得知二樓的情況。」

　　她話音剛落，龍爽已搖頭擺腦地糾正道：「誰說我的蟑螂攝像機上不了二樓？看我的！」，她立刻按動手機上的遙控系統。

當她重新啟動手機屏幕時，只見鏡頭已經沿着樓梯一直往上飄。

「唷，原來蟑螂還會飛啊！」戴樂天大驚小怪地喊。

龍爽一眨眼睛，得意地道：「厲害吧？」

攝像機來到二樓後，首先呈現眼前的，是一道長長的走廊，走廊兩旁分別有兩個房門緊閉的房間，不知裏面會是什麼。

「我們先往左邊看看吧！」龍爽一按動遙控，蟑螂攝像機已迅速鑽進左邊的第一個房間。

這個房間的面積很大，左邊置有兩排長桌子，桌上設有大量玻璃試管、培養皿及多組電子儀器。十多名穿着白色制服、戴着口罩的人，正低垂着頭，專心一致地盯着自己跟前的電子儀器。

這組電子儀器，看上去像是顯微鏡，但卻跟一大組電腦設施連結在一起。

房間的右邊則有一列列的金屬架子，每個架子上，都整齊地放着一個又一個培養瓶，培植着一株株不知名的植物幼苗。

「原來這兒是個實驗室啊！」孔嵐驚訝得睜大眼睛，「這些儀器看起來都很先進，他們是在做什麼科學研究嗎？」

龍爽倒是一臉見慣不怪的樣子道：「這是一組顯微注射系統，利用這個系統，可以將一種動物或植物的基因，注射進另一個物種的細胞或胚胎內，以便培育出新的物種。」

孔嵐聽得眉頭大皺：「什麼意思？」

程小黑忍不住接口道：「即是基因轉殖技術。再簡單一點說，就是基因改造。」

「什麼是基因？」戴樂天迷惘地問。

「怎麼你連這個也不懂？」龍爽搖頭失笑，「你真的需要補充一些生物學知識！」

「『基因』一詞，其實是源自希臘語，本為『生』的意思，至於在科學方面的意思，則是指帶有遺傳信息的基本單位，能控制生物個體的特徵。」程小黑耐心地解釋道。

但戴樂天卻似乎越聽越糊塗，不停撓着豎起的頭髮問道：「那是什麼意思啊？」

龍爽忍不住插嘴道：「基因能控制一種生物的特質，譬如出生的嬰兒到底是男還是女，頭髮是黑還是金，都是由這些遺傳基因所決定。」

「噢，我明白了！」戴樂天似懂非懂地點點頭，「那麼，他們現在在改變這些基因，是為了培植新品種的農作物嗎？」

就在這時，身披黑斗篷的神秘人和一班穿

着藍色制服的工作人員，忽然出現在屏幕前。

他逕直來到那些金屬架子前，輕輕瞥了那些培養瓶一眼，便回頭向那些藍衣工作人員道：「把這些幼苗，全部轉植到門外的荒地上去！」

他的一聲令下，那些藍衣人迅速行動起來，一個挨着一個地把那些植物培養瓶，全部搬到屋外去。

他們的動作十分乾淨利落，手法純熟到不可思議的地步。

片刻之間，本應是一大片空蕩蕩的荒地，一下子便變成植滿幼苗的耕地。就連一直盯着手機屏幕的孔嵐、程小黑、龍爽和戴樂天，居然也無法看清他們到底是怎麼做到的。

「怎麼可能會這樣？」他們都吃驚得瞠目結舌。

戴樂天更是一臉不敢置信地直嚷嚷：「爽爽，這是怎麼回事？難道你的攝像機，是以千倍的速度播放的嗎？」

龍爽沒好氣地白他一眼：「拜託，這是直播畫面，不是回放畫面啊！」

「嗯，他們必定都是妖怪！」孔嵐肯定地點了點頭。

然而接下來，還有令他們更震驚的事情發生。

那個黑衣人走到這片瞬間形成的耕地前，把雙手平伸開來，嘴裏唸唸有詞，雙手緩緩地往上揚。

那些剛轉植到耕地上的幼苗，忽然就像個剛啟動的澆水器，在短短幾秒鐘內，從幼苗迅速長成一棵棵粗壯的果樹，樹上還滿滿地結出果實來，當中包括有粟米、番茄、木瓜、西瓜

等最常見的蔬果。

　　「他們竟然用魔法把蔬果變出來！」孔嵐驚喊一聲。

　　黑衣人環視了一下結滿果實的農田，滿意地點點頭道：「嗯，很好！我們只要把這些混入了老虎基因的食材，推出市面發售，讓人類變成兇猛的野獸，自相殘殺，我們便可以取代人類，成為地球的統治者了！」

　　「這些妖怪竟然想要毀滅人類，太可惡了！」戴樂天氣得咬牙切齒，立刻將龍爽的手機搶了過來，按動遙控按鈕，將攝像機的鏡頭對準了黑衣人，狠狠地說：「哼，我要把他們的犯罪行為全部拍下來，讓他們都難逃法網！」

　　碰巧這時，黑衣人的斗篷不意地滑落，露出了他的真面目。只見他的臉孔蒼白得沒有半

點血色，一雙眼睛大得有點異常，一絲綠色的光芒，隱約地從瞳孔裏透射出來，令人不寒而慄。

雖然隔着手機屏幕，但猛然見到如此恐怖的臉孔，大家還是不由地驚叫起來。

四人雖然處身於遠處的郊野公園，但由於夜深人靜，他們如此失聲大喊，霎時響遍方圓百里。

黑衣人的臉色頓時一沉，立即回身向着郊野公園的方向飛去。

他身後的小嘍囉見狀，也連忙緊隨其後。

程小黑見黑衣人領着手下，向着他們的方向直奔過來，心下大驚，忙急急喊道：「不好，我們被發現了，快跑！」

「怕什麼？他們要是敢來，我便跟他們好好大幹一場，我就不信我堂堂跆拳道黑帶，會

打不過他們！」戴樂天氣呼呼地揮了揮拳頭，轉身便要迎上前去。

龍爽頓時大吃一驚，慌忙拉住了他：「小天，你瘋了嗎？他們不是人，是妖怪啊！」

戴樂天仍然不服氣地輕哼一聲：「他們是妖怪，我們可是神仙呢！」

程小黑忍不住提醒他道：「我們只是見習小仙，不懂得施法，根本沒有任何勝算，還是先避避風頭為妙啊！」

為免戴樂天一時衝動會再做出什麼傻事，龍爽二話不說，迅速施法將鱗片變大，然後回頭對其他人一揚手，着急地喊：「你們都快上來！」

程小黑毫不猶疑地縱身躍上鱗片，然後回頭預備接應戴樂天。

戴樂天見狀，雖然有點不情不願，也只好

妥協地跟着躍上去。

　　與此同時，龍爽也趕緊俯下身來，伸手想把孔嵐接上去，卻見她仍然一動不動地立在原地，不禁心急如焚：「嵐嵐，你在幹什麼？快上來啊！」

　　原來孔嵐仍然握着龍爽的手機，不停地按動手機上的按鈕，着急地說：「我必須把蟑螂攝像機收回來，否則我們辛苦拍下的證據，便全都沒有了！」

　　然而，就在這片刻之間，黑衣人已經領着嘍囉闖進公園的範圍，直向着他們身處的位置襲來。

　　居高臨下的龍爽，對眼前的形勢看得明明白白，頓時嚇得心膽俱裂，大驚失色地喊道：「嵐嵐，別管攝像機了，丟就丟吧，我再做一個就行，你快上來啊！」

第八章
正面交鋒

　　正忙着收回攝像機的孔嵐回頭一看，見自己跟黑衣人只有一步之遙，嚇得心驚肉跳，當下也不敢再堅持，慌忙向着鱗片的方向飛躍而去。

　　然而，不知是否因為她太害怕，還是鱗片飛得太高的緣故，她這一躍，居然只輕輕碰了碰龍爽的手，便落回了地面。

　　說時遲，那時快，黑衣人瞬即趕上來了。

　　身在半空中的程小黑見情況危急，也不及細想，便揚起自己手上的指環，對準黑衣人唸道：「小墨小仙，法力無邊！」

這是程小黑首次施展法術，他還不知道自己會擁有什麼法力，當然更不曉得會出現什麼樣的情況。

不過，在此危急關頭，他也只好碰碰運氣了。

他的咒語一出，手上的指環霎時閃出墨綠色的光芒，一根白色的水柱，從指環的蛇龜嘴噴出來。

然而，水柱只維持了短短一秒鐘，連黑衣人的衣角也沾不上，便停了下來，噴出來的水柱，卻瞬即凝固成一根冰棒，從高處直摔到地面，跌了個粉碎。

「怎麼回事？」程小黑怔住。

這時，黑衣人早已抄到孔嵐身後，伸出一根指頭對準她，嘴裏唸唸有詞，一股黑煙瞬即從指間冒出，帶勁地向着孔嵐襲去。

「不好！」程小黑、龍爽和戴樂天同時驚呼，卻又欲救無從。

孔嵐當然也察覺到背後那股濃烈的殺氣，下意識想要拔腿逃跑，但不知為何，她的雙腿竟然像被人用繩子捆住了似的，完全動彈不得。

不問而知，必定是這隻妖怪的妖法在作祟！

怎麼辦？孔嵐惶恐極了！

正當孔嵐危在旦夕之際，她頭上的那根金簪子，忽然泛起一絲火紅的光芒，然後自行從她的髮髻中飛出，化成一道流光飛到她的腳下。

孔嵐還未弄清是怎麼一回事，只感到腳下一輕，整個人便像騎着掃帚的女巫一般，「嗖」的一聲直衝上雲霄，飛得甚至比龍爽的

鱗片要高得多！

見到簪子竟然懂得拯救主人，大家都既驚且喜，龍爽也連忙命令鱗片飛上前跟孔嵐會合。

黑衣人見自己撲了個空，也有點愕然，但隨即又再回身追上。

「他要追上來了，怎麼辦？」龍爽慌得六神無主。

程小黑馬上舉起指環，再次對準黑衣人，噴出白色的水柱。

黑衣人知道程小黑的法術還未到家，根本沒把他放在眼內，腳下速度絲毫未減。

也許連小墨也受不了黑衣人的鄙視，這次噴出來的白水柱既粗且長，直射到黑衣人的身上。

水柱剛碰到黑衣人，便瞬即凝固成冰，令

黑衣人不及反應，整個身子便一下子被冰封。

大家驚喜得大聲歡呼：「耶，萬歲！」

龍爽也不敢怠慢，忙立刻施法道：「碧兒小仙，快跑啊！」

碧兒立即全速開動，不消片刻，便帶着他們飛得無影無蹤。

黑衣人雖然一時不慎被擊中，但冰柱對他並未構成任何傷害，只消一施法，冰柱便全部融化掉。

不過，他始終比他們晚了一步，只能眼巴巴地看着他們在自己眼前消失。

他那張蒼白的臉孔變得更是煞白，冷冷地輕哼一聲道：「不知天高地厚的小傢伙，看我以後怎麼收拾你們！」

龍爽回頭一看，見黑衣人沒有再追上來，才重重地吁一口氣道：「幸好我們逃得快！」

孔嵐也心有餘悸地說：「我們還是先回家再說！」

碧兒沿着來路快速往回飛，不一會便回到甜品店附近的範圍。

他們挑了一個隱蔽的角落，悄無聲息地落回地面。

孔嵐人剛着地，腳下的鳳兒便變回一枝普通的簪子，飄然回到她的髮髻上去。她連忙伸手把鳳兒握在掌心，感激地對它說：「鳳兒，謝謝你救了我一命喔！」

鳳兒紅光微微一閃，彷彿是在回應她。

龍爽倒是被嚇得不輕，即使已經脫離險境，仍連連喘着氣，一臉驚魂甫定的樣子道：「那幫妖怪實在是太恐怖了！」

戴樂天雖然也驚出一身冷汗，卻無論如何不肯承認，只一擺手道：「你別長他人志

氣，我們只是還未掌握到法術的精髓而已，待我把法術練好，必定要親手把這些妖怪全部消滅！」

程小黑一臉認真地點點頭：「沒錯！現在我們最首要的，就是先把法術練好，不能衝動行事！」

他邊說邊意有所指地瞪了孔嵐一眼。

孔嵐也自知自己不對，忙向大家做了個抱歉的手勢，連聲說道：「剛才我的確太魯莽了，不但無法取回攝像機，還差點連累了大家，真的很對不起！」

龍爽見程小黑指責孔嵐，立時開口維護道：「嵐嵐只是為了保護我的攝像機，你不能怪她！」

程小黑也懶得跟她理論，只聳了聳肩便走開了。

龍爽見他根本不搭理自己，頓時為之氣結，倒是孔嵐感激地一拍她的肩膀，安撫地笑道：「小黑的話其實也不無道理，我們得先把法術練好，尤其是我，我不能再成為你們的包袱了！」

「好吧，那麼我們一起去練功！」龍爽立刻點頭贊同，但旋即又攤了攤手道：「但練功要秘密進行，我們應該在哪兒練習呢？」

戴樂天眼珠一轉，神秘地一笑道：「我倒是有一個好主意！」

第二天下午放學後，戴樂天便帶着孔嵐、程小黑和龍爽，來到一個位於山腳下的小屋村。

屋村四周盡是三、四層高的小樓房，環境十分清幽，兩旁的行人路幾乎不見人影，只見到旁邊的兒童遊樂場內，有幾位住在附近的小

女生圍坐在石凳前，有說有笑地吃着甜點。

戴樂天帶着大家繞過兒童遊樂場，再沿着一條斑馬線橫過馬路，來到一幢依山而建的三層高的小平房前。

這是一座古色古香的小平房，琉璃瓦鋪砌而成的屋簷，配以鏤空雕花的窗戶和欄柵，屋子門前懸着一個陳舊的「中醫館」橫匾。

龍爽回頭看着戴樂天，狐疑地問：「你所謂的好地方，該不會就是你家吧？」

戴樂天故作神秘地笑道：「待會兒你自然會知道！」

他大踏步地走到屋子門前，卻沒有要開門進去的意思，而是往旁邊一拐彎，繞到屋子後面去了。

屋子後面是一片植滿白樺樹的小山坡，但戴樂天並未就此停步，而是繼續向着前面的山

坡進發。

　　山坡上四處都是密麻麻的叢林，連一條小徑也沒有，他們只能小心翼翼地撥開茂密的樹叢，一步步往上爬。

　　走了好一段路後，戴樂天忽然停了下來。

　　大家上前一看，不覺眼前一亮，原來山坡上的一個轉角處，竟然有一片百來米的大草坪。

　　孔嵐不禁驚喜地喊：「小天，怎麼我們跟你當了多年的鄰居，也從來沒有發現你家的後面，原來是別有洞天啊！」

　　戴樂天頭一昂道：「我很小的時候便發現這個地方了，每當心情不佳，我都愛待在這兒，這是我的秘密天地，連爸爸媽媽也不知道呢！」

　　龍爽也忍不住嘖嘖稱奇：「這兒前方有高

高的白樺樹作掩護，後面則有山巒為後盾，怪不得沒有人知道啊！」

程小黑一聲不吭，只抬頭環視了一眼四周，便二話不說舉起他的小墨，開始練起法術來。

一根根的水柱噴射而出，頓時把大片的青草地，變成白茫茫的雪地。

孔嵐、龍爽和戴樂天自然也不甘落後，紛紛各自取出法器，開始練習起來。

孔嵐把頭上的金簪摘下來，嘗試施展法術，可是無論她如何努力，她的鳳兒依然紋絲不動。

她瞄了瞄旁邊正在努力的伙伴們，不禁既焦急又洩氣：「怎麼我無論如何也練不好啊？下次再遇上黑衣人，我該怎麼辦？我不要再拖累大家呢！」

龍爽連忙安慰道：「別急別急，只要多練幾遍，你一定可以成功的！」

就在這時，忽然聽見對街的村屋傳來一陣爭吵聲。

「怎麼回事？」孔嵐疑惑地問。

第九章
刻不容緩

　　大家聽到對面的屋村傳來爭吵聲，都警惕地收起法器，並快速地離開他們的秘密基地，跑上前去看個究竟。

　　當他們循聲來到剛才經過的遊樂場，發現原本坐在石凳上吃着甜點的幾個孩子，不知為何吵了起來，其中一個身型較高的女孩，還出手想要打一個穿着花裙子的女孩。

　　「停手！」戴樂天馬上衝前橫在她們中間，回頭向那位長得較高的女孩問道：「晴晴，你跟欣欣向來不是好姐妹嗎？怎麼忽然鬧起來，還要大打出手呢？」

那個叫晴晴的女孩雖然住手了，但仍然惡狠狠地瞪着欣欣，一雙眼睛閃爍着兇狠的光芒。欣欣也同樣兇巴巴，一副恨不得把晴晴生吞活剝的樣子。

她們看上去，就像兩頭窮凶極惡的野獸，在互相搏鬥廝殺似的。

戴樂天被她倆的神情嚇到了：「你們……怎麼會變成這樣的？」

程小黑忍不住湊上前低聲問道：「怎麼回事？」

「我也不知道。」戴樂天困惑地搖了搖頭，「她們都是住在附近的鄰居，平日說話都是低聲細語的，感情也一直相當要好，經常形影不離。即使雙方發生了什麼矛盾，也不致於要大打出手吧？」

當孔嵐接觸到她們那雙兇狠的目光時，

有一種似曾相識的感覺，心頭不禁為之一震：
「剛才我們經過的時候，她們還好端端地吃着
甜品，怎麼忽然就變得如此猙獰？好像中了妖
法似的！」

程小黑目光一閃，立刻跑到附近的垃圾桶
一看，只見裏面有好幾個紙杯，杯上都印有一
個草莓圖案的商標。

戴樂天滿臉羨慕地說：「哇，是木瓜配花
生口味的甜品，應該是草莓甜甜屋的出品吧，
好誘人啊！」

「怎麼又是這間甜品屋？她們之所以變成
這樣，一定跟這家甜品屋有關！」孔嵐立時思
疑起來。

龍爽盯着那個草莓商標，若有所思地道：
「這個商標，看起來好面熟啊！」

「一定是在草莓甜甜屋見到過吧？」孔嵐

提醒她道。

「不，我曾經在別的地方見過！」龍爽低頭苦思了好一會，忽然「呀」的一聲，「我想起來了，是在國際青少年科技大賽的宣傳海報上見過！」

「宣傳海報？」孔嵐一怔，「甜品屋跟科技大賽有什麼關係？」

「因為除了大賽本身外，主辦方還會於展覽中心舉行一場國際性的科技博覽及研討會。而甜品屋，正正就是場內茶點的贊助商。」

孔嵐剎時臉色大變：「糟了，如此大規模的研討會，出席人數必定數以萬計，如果這家甜品店的食材是由黑衣人供應，那麼後果實在不堪設想啊！」

「也許，黑衣人就是想利用這場國際會議，將這些有毒的改造食物，散播到世界各

地！」程小黑理智地分析着。

戴樂天既驚且怒，頓時氣憤地一揮拳頭道：「怪不得這些妖怪要把改造過的食物偷運到甜品屋，原來是在策劃這樣一場驚天大陰謀，我們一定要阻止他們！」

龍爽也義憤填膺地道：「我們不是已經拍到他們的犯罪證據了嗎？不如我們報警吧！」

「不行！」孔嵐立刻搖頭否決，「我們的視頻只拍到他們在培植新品種的農作物，無法證明他們的農作物有毒，警察是不會受理的。況且，我們也不能把他們擁有妖法的事情，暴露在大家眼前啊！」

戴樂天一拍拳頭，洩氣地說：「真氣人，那我們該怎麼辦嘛！」

程小黑一臉沉着地問：「研討會是在什麼時候舉行？」

龍爽一看手機上的行事曆，頓時一驚，着急地喊道：「原來研討會定於本周末舉行呢，距離現在只餘下五天的時間了，怎麼辦？」

　　戴樂天也急了，「管不了那麼多了，我們馬上行動吧！」

　　龍爽茫然地一攤手：「可是，我們又能做什麼呢？」

　　「當然是直搗黃龍，把他們的製毒基地，翻個底朝天，將那些妖怪統統抓住啦！」戴樂天不假思索地說。

　　龍爽白他一眼：「你忘了他們的守衛有多森嚴嗎？我們怎麼進去？」

　　戴樂天氣呼呼地喊：「左又不是，右又不是，難道我們就坐視不理嗎？」

　　孔嵐沉吟半晌，道：「硬闖是行不通了，但或許我們可以試試別的辦法！」

「什麼辦法？」戴樂天立刻興奮起來。

「你們還記得爽爽的蟑螂攝像機嗎？如無意外的話，它應該還在製毒基地。」孔嵐得意地一揚眉，歪着嘴巴笑了笑，「我們可以利用它，弄清楚製毒基地的內部情況，然後再從長計議！」

龍爽被她這麼一提醒，立時驚喜地連連點頭，爽快地接口道：「好！請給我一點時間，我必定把基地裏的一草一木，都查個一清二楚！」

第十章
攔途截劫

接下來的好幾天，龍爽利用遙控程式，讓蟑螂攝像機重新在基地內巡遊一圈，按照當中的實況，繪製出基地的結構分布圖，並監察着他們的一舉一動。

在連續觀察了三天後，她才拿着視頻和分布圖，跟他們一起研究起來。

原來這座三層高的平房，除了地下是加工及包裝工場外，二樓和三樓都分別有着不同的功能。二樓共有四個實驗室，都是基因改造研究室和培育中心，而三樓則細分為十個小房間，全部用作員工宿舍。

龍爽指着大門口道：「也許是由於工場的位置偏僻，除了每天清晨六時，會有一批藍衣工人把包裝好的貨物，一箱箱地搬上貨車運走外，這兒絕少有人出入。他們的防守也不如我們想像的嚴密，一般只於大門前設置兩名守衞，分早晚兩更，換更時間是每天的晚上七時，在晚膳時間，他們會先一起用膳，於大概八時才回到崗位。」

程小黑點點頭道：「換而言之，假如我們要悄悄地潛入進去，便得好好把握這一小時的空檔了！」

戴樂天立即自告奮勇：「那麼我便趁着守衞用晚膳的時間，偷偷溜進實驗室取出培養瓶吧！」

程小黑直截了當地否決：「不行，太危險了！」

戴樂天揚了揚拳頭，笑道：「放心吧，以我的身手，應該不成問題。更何況，你們可以在外面接應我啊！」

　　「我也覺得這樣太冒險了！」龍爽也搖搖頭，「而且，後天就是研討會舉行的日子，他們這兩天應該已經要把食材運到甜品屋，即使我們把培養瓶取出，也已經來不及了！」

　　戴樂天聽得有些洩氣：「不然我們還可以怎麼辦嘛？我們如果不管，別說我們這個城市，說不定全人類也會難逃他們的毒手！」

　　「當然要管，但也得先保障自己的安全。」程小黑一臉認真地說，「我們跟妖魔打的是持久戰，要好好保存實力，才能取得最後的勝利啊！」

　　孔嵐心頭忽然一動，分析着說道：「爽爽剛才說，他們每天清晨六時，都會把貨物運

走。所以，如果他們這兩天便會把食材運到甜品屋，那麼我們可以從這些貨物下手，不是更好嗎？」

大家被她一言驚醒，程小黑聽得連連點頭道：「既然無法破壞培植工場，我們就轉而堵截他們的貨物！況且，貨車上就只有兩名工人，合我們四人之力，要對付他們自然就綽綽有餘啦！」

龍爽接口說：「我們甚至不必動手，我們只須待他們把貨物運上車，再在途中把他們截停，然後把貨物毀掉就好！」

一直沒精打采的戴樂天，迅即抖擻起來，起勁地一口氣道：「好，我來把他們攔住，找一個理由把他們纏住，你們便趁着車上無人，扔一把火進去，把害人的貨物全部燒掉！」

孔嵐覺得這個辦法似乎可行，但仍不免有

點擔心地問：「小天，這樣真的可以嗎？」

「為什麼不？」載樂天自信滿滿地一昂頭，「別猶疑了，時間不多了呢！」

「放心，我和碧兒會在附近留守，只要你們一聲令下，我立刻叫碧兒來接應你們！」龍爽一拍胸膛道。

「好，明天一早，我們便開始行動！」大家一致通過。

翌日清晨，他們四人會合後，龍爽便迅速驅動碧兒，再次前往製毒工場。

現在正值初夏時分，天色早已明朗，從高空往下俯瞰，可以清楚見到工場旁邊的那片荒地，長滿一大片的粟米田，一根根肥大的粟米，安分地待在樹上一動不動，看上去十分誘人。

戴樂天忍不住驚歎一聲：「上次來的時

候，四周黑漆漆的看不清楚，沒想到原來農田的面積這麼大！」

龍爽惋惜地歎道：「只可惜這些農作物，全部都是黑衣人的妖法變出來的，根本不能食用！」

這時，只聽得屋內傳來一把低沉的嗓音，大聲地吩咐着道：「快把包裝好的貨物抬上貨車，你們得趕在中午前，把它們統統送到甜品屋去！」

這把聲音很熟悉，正是黑衣人的聲音！

大家心下一驚，趕忙輕輕指示碧兒，飛近工場上空窺探內部的情況。

從玻璃窗戶往內望去，只見那些藍衣工人，正按照黑衣人的指示來到輸送帶前，把一大批早已封印的貨物，一箱箱地抬出來。

龍爽高興地說：「你們看，工人們開始搬

貨了！」

那些工人都十分熟練，來來回回好幾遍後，貨物已差不多全部被運到貨車上了，負責駕駛的司機也早已就位，只待最後一箱貨物放進車廂，便會起程。

戴樂天心中暗自焦急，忙悄聲地說：「貨物快要被運走了，我們跟上去吧！」

孔嵐、龍爽和程小黑忙急急勸止：「你別衝動，我們先看看情況再說！」正當他們都把注意力放在工人身上時，碧兒忽然「嗖」的一聲，像升降機似地自行急速往上升。

原來，黑衣人不知什麼時候發現了他們，正向着他們撲過來。

濃重的妖氣令碧兒自行飛逃，但這突如其來的加速，令戴樂天一時站不住腳，竟一下子從鱗片上往下跌。

「小天！」孔嵐、龍爽和程小黑頓時嚇得魂飛魄散，卻又欲救無從。

　戴樂天畢竟是一位有功夫底子的跆拳道高手，即使不慎從鱗片掉下來，也臨危不亂，立刻使勁一扭身子，在空中連翻兩個筋斗，才向着地面一名正在抬運貨物的工人的位置掉下去。

　「快躲開呀！」戴樂天連聲大喊。

　那名工人剛把貨物放下，快速地閃到一旁時，戴樂天正好掉在那箱貨物上。

　那箱貨物被他砸得應聲而破，裏面的粟米粉包裝紙爆裂開來，白色的粟米粉立時漫天翻飛。

　不過，坐在駕駛座的司機並未發現異樣，只以為工人們已把所有貨物運了上車，便立刻發動引擎預備離開。

「不好了！」身在半空看着這一切的程小黑，臉上卻驟然變色，一臉焦急地向戴樂天不停招手，大聲喊道：「小天，危險，快跑！」

戴樂天不明所以，但也如言地往卡車的相反方向跑。

幾乎同一時間，一陣震耳欲聾的巨響，震徹雲霄。

那輛正預備行駛的卡車，突然冒起熊熊的火焰，迅速燃燒起來。火勢越燒越烈，不消片刻，整輛卡車便陷入紅紅的火海之中。

霎時間，別說是戴樂天，就連其他工人和守衛都被嚇呆了。

那黑衣人臉色十分難看，連忙回身朝工人們大喝一聲：「快把貨物卸下來！」

聽到他的斥喝聲，工人們才回過神來。

但已經太遲了，大火一發不可收拾，工人

們只能站在旁邊，眼巴巴地看着整卡車的貨物被燒成灰燼。

眼見功敗垂成，黑衣人惡狠狠地回頭盯着戴樂天。

龍爽見形勢危急，連忙施法，鱗片碧兒頓時「嗖」的一聲，急速地向着小天的位置飛去。

戴樂天仍然搞不懂狀況，看了看正朝自己飛來的碧兒，又回頭看了看那片火海，既驚且喜地追問道：「到底怎麼回事？」

「是粉塵效應！」程小黑歪着嘴角一笑，「那些漫天飛舞的粉末，本身是易燃物料，在半空中跟氧氣結合後，再碰上卡車司機啟動引擎，一丁點的火花，便點燃了這些粉末，導致爆炸。」

孔嵐眼見形勢危急，忙打斷他們：「快把

小天接上來再説吧！」

　　程小黑趕緊伸出手來，想要把戴樂天接上去，那黑衣人已追了上來。

　　黑衣人的速度真快，不過一眨眼間，便已經來到他們跟前。

　　戴樂天見已來不及躲，便索性縱身一躍，凌空揚起一條「飛毛腿」，出其不意地回身向黑衣人踢過去。

　　黑衣人不防他有此一着，腳下一頓，然後抬手輕輕一撥，便把戴樂天那勁道十足的「飛毛腿」撥到一旁，繼而再回手朝他隔空一指，戴樂天便像被點了穴道似的，整個人完全被定住。

　　對付完戴樂天後，黑衣人整個人騰空飛起，向着身處半空的孔嵐、程小黑和龍爽撲過去。

程小黑見他來勢洶洶，連忙舉起小墨指環，對着黑衣人預備要噴出水柱，欲把黑衣人冰封。誰知他一揚手，竟發現自己整個人都像被一根隱形的繩子綑住似的，完全動彈不得，這才知道自己已中了黑衣人的妖法。

　　他這一驚非同小可，但無論他如何掙扎，也再動不了分毫。

　　不過一眨眼間，黑衣人已經來到他的面前。

　　程小黑知道自己逃不掉了，於是乾脆閉上眼睛，等待死神的降臨。

　　然而，他等了許久，卻遲遲不見動靜，忍不住睜開眼睛一看，發現黑衣人原來轉而向着旁邊的孔嵐攻過去。

　　孔嵐來不及細想，只下意識把頭上的金簪摘下來，不停地唸唸有詞，然而她的法術始終

無法施展。

　　黑衣人見她的法術不靈光，臉上頓時露出
一絲詭異的笑容。

　　「救命呀！」孔嵐嚇得尖叫一聲。

第十一章
見習小仙初長成

　　程小黑見孔嵐危在旦夕，心裏十分焦急，但奈何自己全身動彈不得，正是乾着急之際，忽然發現自己戴着小墨指環的指頭，恰恰對準了黑衣人的背後。

　　他心中一動，忙試着唸起咒語，只見小墨指環果然應聲噴出水柱，直向着黑衣人的後背噴去。

　　黑衣人沒料到中了魔法的程小黑居然還能動，乍然被水柱擊中的他，立時全身僵直，變成一根巨型的人形冰棒。

　　變成冰棒的黑衣人，失去了在空中飄浮的

力量，身子隨即往下急墜，而他墜落的位置，偏巧正是那團燒得猛烈的火堆。

黑衣人跌進火堆後，只聽得「呀」的一聲，便再也沒有聲息。

霎時間，戴樂天感到那股困住自己身子的力量消失了，頓時高興得手舞足蹈地喊：「耶，我能動了呢！」

正當程小黑等人被這一連串的變故嚇得目瞪口呆時，天邊又再出現一個大漩渦。

一個紫色的翩翩身影，忽然從天而降。

原來是玄女來了！

她懸浮在半空中，氣定神閒地把一個大葫蘆往程小黑的方向一拋，簡潔地吩咐道：「扭開葫蘆蓋子，對着大火方向！」

程小黑接過葫蘆後，馬上按指示打開葫蘆，並把葫蘆口對準黑衣人墜下的位置。

那葫蘆似乎具有一股強大的力量，不消一刻，一團黑色的影子便從火堆裏飛出來，「咻」的一聲，被葫蘆全吸了進去。

在那團黑影消失前，他們還依稀聽到一把低沉的聲音喊道：「就算我輸了，混沌大王還有千千萬萬的追隨者，總有一天，大王會成為人類的統治者！」

黑影剛被葫蘆吸進去，程小黑便趕緊把葫蘆蓋子關起來，關得嚴嚴實實，生怕那黑衣人會再次出來作惡。

好不容易完成任務，程小黑還來不及舒一口氣，卻又感到一股澎湃的氣流，瞬間從頭頂直流至全身，在他的體內來回翻騰。

正當他感到疑惑時，龍爽把眼睛睜得老大，半掩着嘴巴喊道：「小黑，你⋯⋯你怎麼會變成這樣了？」

程小黑本不以為意，以為龍爽又在惡作劇，然而當他見到孔嵐和戴樂天，同樣以一副驚懼不已的表情盯着自己時，才發現有點不對勁。

　　他趕忙低頭察看，只見自己身上那件格子襯衫和牛仔褲，竟不知何時變成一襲黑色的中式長袍，背部的正中央，還長出像極了一頂黑色草帽的東西來。

　　向來淡定的程小黑，禁不住大吃一驚：「怎麼會這樣？」

　　玄女笑盈盈地來到他跟前，點頭招呼道：「久違了呢，老朋友！」

　　「什麼？」程小黑怔住。

　　玄女見他仍然一頭霧水，於是笑着解釋：「你剛才成功把妖怪收伏，吸收了他的修為，已經正式成為見習小仙了！」

「真的？」程小黑大為驚喜，伸手往身後摸索，「可是，我的身子到底是怎麼回事？」

「這就是你原來的樣子啊！」玄女笑了笑，「你已擁有基本的法力，往後每次使用法力時，都會短暫地回復真身。」

玄女說着，身子已慢慢飄向那個漩渦，似乎又要離開了。

程小黑趕緊把她喊住：「我這個樣子，怎麼回家啊？」

「放心，你很快便會變回來的。」玄女剛語畢，便消失在漩渦之中，只剩下他們四人茫然相對。

龍爽首先回過神來，朝製毒基地的方向一看，頓時又是一呆：「怎麼全部都消失了？那些工作人員呢？」

那座三層高的平房竟然憑空消失了，就連

旁邊那片農田也不見了，只剩下一片雜草叢生的荒地。

「噢，原來我們見到的一切，都只是魔法變出來的！」孔嵐覺得很不可思議。

龍爽忽然想起：「那麼，甜品屋的有毒食材怎麼辦？」

「黑衣人的法力已經失效，相信它們也會一併消失吧？」孔嵐以不太確定的口吻說。

「猜什麼，回去看看就知道了！」戴樂天催促道。

如此這般，他們四人又再坐到鱗片上，悄悄地回到甜品屋的後巷。

他們踮着腳尖往甜品屋的玻璃窗一看，果然不出所料，那些貼着標籤的箱子，已經全部消失了。

程小黑淡淡地一笑道：「如此一來，我

們就可以當什麼事情也沒有發生過，也不用報警，省卻不少麻煩呢，你們說對不對？」

他剛回過頭來，發現孔嵐、龍爽和戴樂天都目光定定地望着他，不由得有些心驚膽顫地問：「怎麼呢？我又怎麼了？」

龍爽指着他的臉，驚訝地喊道：「玄女的話果然沒錯，你真的變回來了，好神奇喲！」

程小黑忙低頭一看，見自己真的變回原來那身格子襯衫的樣子，不禁既高興又尷尬，只好故意板起臉孔，掩飾地輕哼一聲道：「這有什麼稀奇的，大驚小怪！」

第十二章
風雲再現

　　這天是國際青少年科技博覽及研討會舉行的大日子，報名參加比賽的龍爽，穿着一件白色的襯衫，一條深綠色的工人褲，再配上一頂米白色的鴨舌帽子，神采飛揚地來到展覽場地。

　　如此盛大的展覽會，孔嵐、程小黑和戴樂天自然也不想錯過，於是也隨着龍爽一起來到會場，期望可以見識一下現今最尖端的科技。

　　有資格舉辦國際性展覽館的場地，當中的規模當然也是非同小可，單以這場科技展覽而言，面積便有至少超過兩萬平方米。場內設有

過百個來自不同國家或地區的攤位，展示出不同的科技發明，每一件展品，都是創意與功能性兼備的佳作。

龍爽一踏入會場，看到眼前琳琅滿目的展品，頓時欣喜若狂，不停瞧瞧這個，摸摸那個，像隻小猴子似的在會場內穿來插往。

戴樂天忍不住搖搖頭笑道：「你這個樣子，十足是個無知小女孩啊！」

「你懂什麼？」龍爽瞪他一眼，「這些展品，全部都是獨一無二的科技產品，當中任何一個產品，都有可能把人類的命運，作出翻天覆地的改變呢！」

「太誇張了吧？」戴樂天嗤笑一聲。

「你跟我來！」龍爽二話不說，拉着他的手就往展館的另一邊走。

走了好一會兒，她才在一個攤位的展示架

前站定，指着架上的一個展品道：「你們看，
這就是我的新發明了！」

　　戴樂天湊到展架前一看，只見龍爽所指
的，是一副普通的膠框眼鏡。

「不是吧？原來你的新發明，就只是一副眼鏡？」戴樂天一陣失笑。

龍爽傲然一笑道：「這可不是一般的眼鏡，它是太陽能望遠鏡，視程可以遠至一百公里呢！」

「不是吧，真的假的？」戴樂天驚訝地取起眼鏡，半瞇着眼睛研究起來。

他把眼鏡戴上，然後走到場館旁邊的玻璃窗，透過望遠鏡往外看。

展覽館臨近海邊，戴樂天從玻璃幕牆望出去，可以看到遠處的海面上，有一艘航行中的白色輪船，船身掛着一面印着紅白黑三色的國旗。這還不止，他還能清晰地看到，那面國旗正中央，印着一隻金色老鷹的圖案。

「這個眼鏡望遠鏡，果然有點意思啊！」戴樂天頓時蠻感興趣，不停地往遠處張望着。

就在這時，他看到遠遠的天邊上，忽然出現了一個洶湧的漩渦。

自從經歷了黑衣人事件後，天邊出現漩渦對他們來說，早已變得再尋常不過，然而，這次的漩渦跟過往的似乎有點不同。

這個漩渦不但比之前的那些都來得大，風力更是既急且猛，它根本不像是一個漩渦，反倒像是龍捲風，還是最強烈的那種。

戴樂天忍不住「呀」的驚叫了一聲。

大家紛紛好奇地問：「怎麼了？你看到什麼奇怪的東西了嗎？」

戴樂天還來不及張口說話，一股強大的力量已經撲面而來。

他只感到腳下一輕，整個身子已不由自主地飄了起來，然後像個幽靈似的穿過展覽館的玻璃幕牆，一下子跌進那個超大的風眼當中。

一如過往，處身於漩渦之中的戴樂天，什麼也看不見，耳畔卻傳來龍爽一陣不滿的咆哮聲：「我們才剛回來沒幾天，怎麼又得出發了嘛？而且還要用如此猛烈的龍捲風，到底要把我們帶到什麼地方啊？」

下期預告

　　孔嵐、龍爽、程小黑和戴樂天在參加國際青年科技展覽時，突然被一個特大的漩渦再次捲走，來到一個炙熱的地帶。他們起初有點摸不着頭腦，不知道自己身在何地，但當他們看到那三座最著名的吉薩金字塔和獅身人面像時，才發現漩渦竟然把他們帶到了另一個國度！

　　在這兒，他們又遇到了離奇的孩童失蹤事件。這片沙漠中到底隱藏着怎樣的秘密？神秘的埃及金字塔又是否和孩子接連失蹤有關？見習小仙們能否順利找到失蹤的孩童，完成修煉任務呢？

見習小仙 1
奇幻的仙法初現

作　　　者：卓瑩
繪　　　圖：SANDYPIG
責任編輯：張斐然
美術設計：許鍩琳
出　　　版：新雅文化事業有限公司
　　　　　　香港英皇道499號北角工業大廈18樓
　　　　　　電話：(852) 2138 7998
　　　　　　傳真：(852) 2597 4003
　　　　　　網址：http://www.sunya.com.hk
　　　　　　電郵：marketing@sunya.com.hk
發　　　行：香港聯合書刊物流有限公司
　　　　　　香港荃灣德士古道220-248號荃灣工業中心16樓
　　　　　　電話：(852) 2150 2100
　　　　　　傳真：(852) 2407 3062
　　　　　　電郵：info@suplogistics.com.hk
印　　　刷：中華商務彩色印刷有限公司
　　　　　　香港新界大埔汀麗路36號
版　　　次：二〇二二年十二月初版

ISBN: 978-962-08-8127-5
© 2022 Sun Ya Publications (HK) Ltd.
18/F, North Point Industrial Building, 499 King's Road, Hong Kong
Published in Hong Kong SAR, China
Printed in China